Lettre

de Mr. le Marquis de Beaupoil à Mr. de Bergasse
sur l'histoire de Mr. de Latude, et sur les ordres arbitraire

P

1787

1754

LETTRE

DE
M. LE MARQUIS

DE BEAUPOIL,

A M. DE BERGASSE,

Sur l'Histoire de M. de Latude, & sur
les Ordres Arbitraires.

A POTSDAM.

─────────◆─────────

1787.

LETTRE

DE M. LE MARQUIS

DE BEAUPOIL,

A M. BERGASSE,

SUR LES ORDRES ARBITRAIRES.

J'ai l'honneur de vous envoyer, Monsieur, l'histoire d'un supplice de trente-neuf ans, souffert pour une extravagance de la première jeunesse, qu'un mois de prison auroit assez sévèrement punie. Quel crime possible à toute la perversité humaine peut mériter une aussi longue

A 2

durée de tourment ? Dé quels attentats une pareille torture pourroit-elle n'être que la juste expiation ?

Dans les grandes atrocités que la vengeance, emportée à ses dernières fureurs, a fait commettre sur la terre, on voit promptement arriver la mort. Le sang de la victime, s'il fait couler des pleurs, marque au moins l'instant où l'on va cesser d'entendre ses cris, de voir ses convulsions. Le repos dont elle va jouir laisse respirer l'ame du spectateur qui n'emporte que l'horreur & l'effroi des bourreaux. Mais, Monsieur, être pendant trente-neuf ans privé du ciel, de la terre, de la nature entière ; exister pendant trente-neuf ans, sans connoître d'autre sentiment que les alarmes & les frayeurs ; ne connoître pendant trente-neuf ans que des

prisons obscures, que des cachots sou-
terrains, inondés d'eaux croupissantes,
anéanti sous le poids d'énormes chaînes;
ne voir jamais, pendant trente-neuf ans,
que des geoliers & des reptiles : voilà,
je crois, réuni dans un seul tableau, tout
ce que l'industrie de la plus habile & de
la plus implacable cruauté puisse enfanter.
Aucun homme sur la terre n'a pu trouver le
degré de constance nécessaire, dans sa rage,
pour projetter, suivre & consommer une pareille œuvre de férocité. S'il pouvoit avoir
existé, son nom, trop exécrable, ainsi que
son forfait, devroient être ensevelis dans
l'oubli. Pour l'honneur de l'espèce humaine, qu'il importe de ne pas faire
haïr, on doit taire ceux de ces excès qui
la placeroient au-dessous des tigres & des
panthères.

Hé bien ! Monfieur, ce forfait, que le refpect pour l'humanité, que l'intérêt des mœurs ne permettent pas.de fuppofer dans un individu ; eft devenu le régime d'un Gouvernement. Le peuple qu'il menace inceffamment, eft le plus doux, le plus aimant, le plus foumis, le plus généreux de l'univers. C'eft inutilement que les Loix le profcrivent, que les Magiftrats tonnent fur fa funefte inconféquence, que la raifon, l'humanité, l'intérêt du trône, celui des fujets, font entendre leurs réclamations, par la voix de la philofophie. Depuis M. le Cardinal de Richelieu, M. de Latude n'eft pas le dix millième, que cette horrible Jurifprudence ait enfeveli pendant la plus belle & la plus grande partie de fa vie : il n'eft pas même un des plus malheureux. Tout Paris a été voir à Vincennes les

tourniquets, les gênes, les fauteuils hé-
riffés de pointes, les contre - portes ar-
mées de mille poignards. L'imagination
de Milton, dans la defcription de l'ar-
fenal des Euménides, feroit moins noire
& moins inventive, que ne l'a été en
France la vengeance de l'adminiftration.

Qu'il feroit cher à l'humanité, qu'il
feroit immortel le nom de l'homme dont
les lumières & l'éloquence viendroient
attaquer & déchirer ce code infernal !
Oui, le Souverain devoit l'écrire ce nom
fur fon trône, & les François, le pla-
cer à la tête de leurs cantiques. Quelques
Ecrivains célèbres ont effayé de le combattre ; mais ils ne l'ont confidéré prefque
que comme l'objet d'une difcuffion de jurifprudence ; ils ont été, par une marche

trop didactique, s'égarer dans les siècles paſ
pour y faire des recherches ſur des for-
mules vaines. Hé ! qu'importe aux droits
les plus ſaints des hommes, aux plus ma-
jeurs intérêts d'un grand Empire, qu'un
Monarque trompé ait fait, il y a quelques
siècles, des lettres-patentes ou des lettres clo-
ſes, ſcellées en cire jaune ou en cire verte!
Un crime, parce qu'il eſt ancien, il ſeroit-
devenu néceſſaire ? Parce que les Druïdes
ſacrifioient des victimes humaines dans
leurs plus grandes fêtes, faudroit-il égorger
quelques centaines d'hommes, ſur la ter-
raſſe des Tuilleries, le jour de Saint-
Louis; ou ce qui ſeroit plus barbare encore, les enterrer vifs ſous les voûtes de la
Baſtille?

Non, ce n'eſt point avec cette froide &
timide logique, qu'il falloit s'armer contre

l'un des plus grands fléaux qui aient flétri
& mutilé l'espèce humaine. Il falloit oser
dire, que dans un pays où le moindre
membre du corps administratif peut
attirer un supplice insupportable sur
la tête d'un innocent ; où le méchant qui
a de l'or trouve le moyen de faire char-
ger inutilement de fers l'honnête homme
qu'il a intérêt de perdre ; où il est possible à un espion, par une calomnie, de
faire jetter un citoyen irréprochable dans
un cachot ; où un mari de mœurs licen-
cieuses a le pouvoir de se débarrasser de la
femme malheureuse, qui gêne son liber-
tinage ; où une femme intriguante & per-
due, a la ressource de se défaire d'un mari
qui l'importune ; où des parens avides font
enterrer quarante ans avant leur mort,
l'oncle, le frère, le père dont ils veulent
hériter : il falloit oser dire, que dans un

tel pays l'adminiſtration eſt un ennemi ,
qui n'imprime le reſpect que par l'effroi.

Il falloit , ſur-tout , dire au Monarque:
« l'amour pour ſes maîtres eſt la première
vertu, & la première paſſion de la nation
aimante & ſenſible, ſur laquelle vous ré-
gnez. Vos ancêtres ſe refuſèrent authenti-
quement au droit de prononcer des juge-
mens rigoureux ſur ceux de leurs ſujets qui
pouvoient ſe rendre coupables de quelque
crime. Ils confièrent cette trop pénible
tâche aux Miniſtres des Loix ; ils vou-
lurent n'être que les pères d'un ſi bon
peuple ; ils furent jaloux du pouvoir de
faire grace ; ils prétendirent en jouir ex-
cluſivement. Cependant lorſque le Magiſtrat dit au criminel : *la loi te juge cou-*
pable ; elle te condamne : je n'ai fait que

la lire, par quelle affreuſe inconſéquence arrive-t-il que votre nom, qui n'eſt deſtiné qu'à être l'expreſſion de la clémence, vienne annoncer des tourmens éternels à un infortuné ? Comment ſe peut-il que l'on puiſſe dire : *il n'eſt pas queſtion de ſavoir ſi tu es innocent ou coupable, ſi la Loi, ſi l'équité t'abſolvent ou te proſcrivent ; reçois ces fers, deſcends dans ce cachot par ordre du Roi. Déſormais tu ne vivras que de privations, que d'alarmes, que d'angoiſſes. Souffre, pleure & gémis : c'eſt la volonté du Roi.* Voilà, Sire, ce qu'exprime une lettte-de-cachet ; voilà de quelle manière on peuple ces Donjons, ces innombrables maiſons de force, tous ces antres de douleur, de victimes qui avoient été inſtruites à vous adorer, à vous bénir, & qui déſormais verront chaque jour leurs bourreaux les outrager, les tenailler, en

prononçant votre nom , en leur difant
que telle eft votre volonté fuprême ». Il
falloit encore ofer lui dire cette vérité
terrible , parce que les vérités terribles
font les plus importantes , parce qu'elles
font toujours celles qu'ils n'enten-
dent jamais. « Dans un pays où l'on
foule aux pieds , avec tant de fureur des
droits fi facrés , où l'on profane avec tant
de fcandale un nom fi faint , il n'eft plus
de Monarque ; il n'eft plus de patrie : il n'y
a que la force & la terreur ; mais la force
fouvent eft aveugle , & la terreur touche
au défefpoir.

Qu'il fut cruellement abufé le premier
de nos Rois , auquel on furprit un ordre
illégal & rigoureux ! Il frappa le coup le
plus redoutable fur la chaîne qui étreint
la famille politique ; il fut le premier qui

commença un divorce entre le trône &
les sujets ; parce qu'il ouvrit une source
d'inquiétudes dans le cœur des Souve-
rains, en les exposant aux reproches de
leurs peuples. Ainsi, en affoibliffant les rapports de protection & de reconnoiffance,
il posa le principe d'un fyftême dévafta-
teur, dont l'action & les réactions conftantes
devoient étouffer la conftitution primitive
fur laquelle il venoit attacher ces rameaux
meurtriers. Un coup d'œil fur cette conftitution & fur fes ruines portera cette
vérité au dernier degré d'évidence.

Notre gouvernement n'eft pas l'ouvrage
des combinaifons d'un légiflateur, ni
d'aucun corps légiflatif ; il eft uniquement
la conféquence d'un principe, qu'il feroit
inutile de chercher ailleurs que dans l'action & dans le pouvoir du climat. Ce que

l'on appelle loix fondamentales du royaume
ne s'eſt trouvé écrit nulle part ; aucune
tradition n'en fait pas plus ſoupçonner
l'origine que la cauſe.

Les anciens Gaulois , diſent les hiſto-
riens romains , étoient gouvernés par les
mœurs bien plus que par les loix. Cela eſt
ſi vrai , qu'ils n'eurent jamais que des
coutumes. Les Francs qui s'unirent à eux,
n'avoient que des uſages. Les Romains,
que ces deux peuples chaſsèrent , étoient
les ſeuls qui euſſent un code. Ce code,
ces uſages , ces coutumes formèrent un
compôt monſtrueux , que l'on ne con-
ſulta que rarement ſous les deux premières
races , & pendant les premiers ſiècles de
la troiſième. Lorſque ſon avis étoit con-
forme aux mœurs , on le ſuivoit ; s'il les
contrediſoit , il étoit mépriſé : ce ſenti-

ment moral fût toujours abfolu. On a vu
quelquefois la religion & la légiflation
réunir tout ce qu'elles ont d'autorité, de
forces & de foudres pour le limiter. Soins
inutiles. Il réfifte à tout ; il eft conftamment victorieux : & fi l'on veut obferver
en philofophe, on reftera perfuadé qu'il
eut inceffamment la raifon pour lui. Les
différences que l'on croit voir entre les
mœurs d'un fiècle & celles d'un autre fiècle, ne font que les diverfes expreffions
du même être. Les tems de barbarie, la
ftupeur dans laquelle Rome nous a long-
tems captivés, l'anarchie féodale, les fureurs du fanatifme n'ont pu l'altérer ;
c'eft le principe radical qui fe retrouve
toujours dans les cendres des corps calci-
nés. Voilà quel fut notre légiflateur.

Lorfque nos Rois délivrèrent les provinces du joug des tyrans féodaux, on ne songea point à invoquer ces prétendues loix fondamentales. On vit les peuples accourir avec confiance à l'abri du sceptre paternel, en conservant quelques coutumes auxquelles ils étoient attachés, & qui ne contrarioient point l'intérêt collectif. Par-tout le respect pour les mœurs appella la raison, l'équité, la loi naturelle pour régler l'autorité & l'obéissance. Le Souverain eut un pouvoir absolu pour protéger & pour conserver; & les sujets recouvrèrent une liberté qui n'eut d'autre borne que les loix qui défendent de nuire. Pendant ce grand ouvrage, en tout lieu, en toute circonstance, nos Rois stipulèrent pour l'humanité. Quels droits à sa reconnoissance !

Un des plus grands hommes qui aient

illustré

illuftré notre patrie, a dit que le gouvernement anglois étoit le chef-d'œuvre de
l'efprit humain. Il ne manquoit à fon
éloge que d'ajouter qu'il pouvoit être du-
rable : il ne l'a pas ofé. Qu'efpérer en
effet d'une conftitution politique, où deux
pouvoirs turbulens & jaloux fe choquent,
s'attaquent perpétuellement par tous les
moyens, par toutes les armes ? Quelques
momens d'énergie, lorfqu'ils fe trouvent
en équilibre & d'accord, des tempêtes
fréquentes, une victoire certaine pour
celui qui veut & qui peut corrompre l'autre ; &, en réfultat, l'autorité inquiète
d'une puiffance victorieufe, à laquelle fes
fujets ont appris combien il lui étoit dan-
gereux de leur laiffer une trop grande
liberté.

En France, le Souverain réunit tous

B

les pouvoirs. Dans ſes mains la puiſſance
légiſlative porte la loi à propos, à l'inſtant & ſans contradiction ; la puiſſance
exécutrice agit avec célérité pour protéger & pour défendre, ſans craindre d'en-
traves ; le pouvoir de veiller à l'obſer-
vance des Loix, fait réſider la juſtice ſu-
prême ſur le trône, qui devient l'aſyle
aſſuré contre les erreurs de leurs tribu-
naux & contre les paſſions des juges. La
réunion & la plénitude de ces pouvoirs ne peuvent rien laiſſer à deſirer à
celui qui les poſſède, que le bien public. Un tyran en France ſeroit véritablement un monſtre, parce qu'il n'auroit
pas un motif, pas même un prétexte
pour être méchant. Le reſpect pour
la vie, pour l'honneur, pour la liberté, pour les propriétés des ſujets, eſt
le ſigne & le fruit de l'étendue & de la

force de fa puiffance. Des attentats contre
l'un de ces objets ne feroient que la preuve
de fon affoibliffement ou de fa diftrac-
tion : elle n'admet ni repréfentant ni par-
tage. On ne peut porter la main fur les
droits des citoyens, fans compromettre,
fans offenfer le fouverain. Celui qui ufur-
peroit le moindre rayon de l'autorité du
monarque, porteroit l'épouvante dans le
corps politique, & commenceroit fa dif-
folution. Ce corps eft un ; en quelqu'en-
droit qu'on l'offenfe on affecte, on met
en danger,toutes fes parties. Enfin, fon
unité & fa fimplicité font fa vie, fa force
& fa fublimité. Si le gouvernement Anglois eft le chef d'œuvre de l'efprit humain, celui-ci eft affurément le plus
grand des bienfaits de la bonté divine.

Un vafte Empire, régi par une pa-

reille conftitution , de la configuration la
plus heureufe , placé entre deux mers ,
fur le fol le plus riche , fous le climat le
plus tempéré de la terre , habité par vingt-
quatre millions d'hommes forts , vail-
lans, actifs, induftrieux , avides de gloire,
devroit être , de tous ceux qui ont paru
fur le globe , le plus fortuné au dedans ,
& le plus formidable au dehors. S'il eft
foible & fouffrant , c'eft la preuve infail-
lible que fa conftitution eft altérée , que
fes principes font négligés. Il ne faut que
les rappeller : ce remède eft bien facile ,
& c'eft encore là un des plus admirables
caractères de fa perfection.

Il importe donc, par deffus tout , de
chercher le vice qui eft venu s'implanter
dans notre conftitution ; de porter des
yeux attentifs & analytiques dans l'hif-

toire , dans les moindres fibres du Gouvernement , pour découvrir les racines du
polype , & pour le combattre. Après un
profond examen , on le voit clairement
dans le défaut d'unité & d'enfemble , &
dans l'arbitraire des grandes places , vices
qui fe font accrus, fortifiés , propagés l'un
par l'autre.

Louis XIII n'avoit pas la force de ré-
gner : il dépofa fon pouvoir entre les
mains de M. le Cardinal de Richelieu ,
qui fit de grandes chofes , parce que fon
autorité ne fut point partagée; mais, parce
qu'elle pouvoit être inquiétée, il fut cruel; il
s'arma de tout l'arbitraire d'un defpote. Les
lettres-de-cachet , qu'il trouva en ufage ,
furent le foudre avec lequel il terrafſa fes
ennemis & fit trembler la nation. Tout
pouvoir que l'ordre établi ou la nature

n'ont pas donné, est disposé à la méfiance
& à la cruauté. Le ministère de M. de
Richelieu fut une preuve mémorable de
cette vérité, & il consacra, par un grand
exemple, l'exercice des Ordres arbitraires
pour les intérêts personnels des déposi-
taires du pouvoir.

Le Cardinal de Mazarin, plus habile
que Richelieu, fit de plus grandes choses
au dehors, parce que dans cette carrière
il étoit moins contredit. Mais d'un caractère doux & débonnaire, il ne put se dé-
terminer à ordonner la multitude des proscriptions qui eussent été nécessaires pour
faire respecter dans l'intérieur une autorité abhorrée ; proscriptions, d'ailleurs,
dont l'excès auroit tout perdu. Il n'em-
ploya les lettres-de-cachet que dans les
dernières extrémités, que lorsqu'il pouvoit

le faire fans péril , & il ne les fit jamais
tomber que fur de grandes têtes.

Louis XIV régnant lui-même, montrant
par tout aux François la gloire leur idole;
tranquille au fein de fa puiffance , obéi
avec tranfport au premier figne , fut trop
au-deffus des baffes inquiétudes pour craindre & pour perfécuter. Tant qu'il eut le
fentiment de fa force , s'il ordonna des
châtimens arbitraires , ce ne fut que contre
des hommes en place , qui doivent être
les feuls citoyens expofés à une difcipline
prompte & fans forme ; mais lorfque le
Roi laiffa échapper les rênes, lorfque les
confeffeurs & Madame de Maintenon ,
cette femme à jamais funefte, vinrent établir leur empire fur la vieilleffe & fur la
foibleffe du Monarque , on vit la Cour
agitée d'intrigues, divifée en partis, abu-

fer des pouvoirs ufurpés , fouffler par-tout
le mécontentement & la difcorde : ce fut
alors que l'on vit auffi ces effrayantes , ces
innombrables profcriptions, accabler à-la-
fois tous les ordres de l'état.

Jufques à ces derniers momens , les
lettres de cachet n'avoient encore frap-
pé que des hommes puiffans. Heureux fi
nous avions pu ne pas les voir fortir de
ce cercle ! Peut-être ce régime auroit - il
conduit à faire une fage application de
cette maxime d'un kam des tartares : *je
récompenfe les bons fujets , je chaffe
les médiocres , je tue les mauvais :
voilà pourquoi je n'ai autour de moi que
des hommes de mérite, & que mes fujets
font heureux & paifibles.* C'eft au moins
là le defpotifme dans fa perfection.

Je ne parlerai point du Gouvernement

de M. le Régent : ce fut un chaos de be-
foins , d'intérêts , d'intrigues , de dan-
gers , de grandes crifes , de remèdes vio-
lens , où l'on n'apperçoit bien diftincte-
ment que le génie fublime qui s'agite pour
féparer, pour ordonner les élémens, qui
lutte fans ceffe contre des tempêtes , qui ,
du fein du défordre, jette de vaftes plans,
& qui ne peut avoir eu le choix des
moyens.

Ainfi arrivé au miniftère de M. le cardinal de Fleury , on voit que l'arme de
l'arbitraire fut inutile & oubliée, tant que
le pouvoir , dans toute fa plénitude, fut
retenu & exercé par le fouverain lui-même,
& qu'elle n'a déployé fa fureur que lorfque le Monarque a confié fon autorité.
On voit auffi que cette alternative n'a
d'autre caufe que l'abfence d'un fyftême
fondamental, qui , dans une inftitution

organifée avec le plus de force & de dignité , puiffe toujours repréfenter le vœu , la volonté , l'équité du Roi, lorfque le Roi eft dans un individu foible , fouffrant , ou trop jeune pour avoir une volonté conftante & fage , & lorfque fes devoirs viennent excéder les forces poffibles à un feul homme. Ce n'eft donc qu'à M. le cardinal de Fleury qu'à commencé le régime qui a détruit cette alternative de bien & de mal ; mais celui qu'il a fait adopter, a rendu le bien rigoureufement impoffible , & le mal inévitable. Il a penfé , dit & établi , qu'il falloit laiffer chaque miniftre maître abfolu dans fon département ; & cet incroyable confeil a conftamment été refpecté. Si l'on vouloit réduire en fyftéme l'art de faire le malheur de plufieurs générations , & d'affurer la honte & la chûte des em-

pires, il feroit entièrement renfermé dans
ce dogme. Il en réfulte que chaque département fait une puiffance ; que la finan-
ce, les affaires étrangères, la guerre, la
marine, la maifon du Roi font autant de
fouverainetés, qui ont chacune leur defpote ; que cela forme un tableau bizarre ;
où les vues font auffi différentes que les
divers efprits qui les ont produites ;
où les ordres font auffi diffemblables que
les volontés ; où tout fe choque, fe croife,
fe brife, & ne forme en réfultat qu'un
chaos d'incohérences, un dédale inextri-
cable.

Avec ce monftrueux enfemble, il eft
impoffible que chaque adminiftration ait
fon fyftême propre & fuivi : elles offrent
toutes dans leur mécanifme particulier l'i-
mage du défordre général. Il ne paroît
point de miniftre qui n'apporte fes prin-

cipes & ſes plans. Pour les établir, il ren-
verſe l'édifice de ſon prédéceſſeur, & n'en
laiſſe jamais ſubſiſter que les vices, parce
qu'ils ſont toujours l'ouvrage des gens
puiſſans. A cela près, par une impulſion
ſubite, on va lui voir faire une révolution ſoudaine dans le moral & dans le
mécaniſme de ſon département. C'eſt un
vêtement ſans figure & ſans forme, qui
prend à l'inſtant celles de l'individu
que l'on vient d'en couvrir : ainſi
tout ce qui eſt au ſervice du Roi, dans
les différentes adminiſtrations, ſe trouve
perpétuellement dans un état d'agitation,
d'incertitude & d'anxiété. Heureux encore,
ſi l'on n'étoit pas inceſſamment menacé,
ſacrifié par toutes les préventions, les ca-
prices & les injuſtices de l'arbitraire !

On conçoit aiſément que, dans ce
chaos, dans cette abſence de toute regle

& de tout principe, l'art de tromper le
souverain, est la science suprême; que l'intrigue est l'unique carrière; que le ministre qui, trop souvent, lui doit son exal-
tation, va vivre lui-même au centre de
ses agitations, être poursuivi par tous ses
prestiges. Obligé d'un côté de lutter contre
elle, de l'autre il en emploie tous les res-
sorts, parce qu'il sait que l'on n'est main-
tenu que pour son pouvoir, que l'on
n'est renversé que par ses efforts. Cette
considération lui fait soumettre toutes ses
opérations aux divers intérêts qu'il se
croit dans la nécessité de respecter. Les
graces, les places dont il dispose, devien-
nent la récompense des services qu'il a
reçus & de ceux qu'il desire. Entraîné sans
cesse à mille injustices en faveur des pro-
tégés de ses amis, & de tous les gens d'un
grand crédit, cette fatalité établit une cor-

respondance d'intérêts, une complicité de manœuvres qui unit toute la chaîne, tous les degrés de l'administration, & qui laisse jouir d'un pouvoir arbitraire chaque membre de cette échelle administrative. Il en résulte que la France est aujourd'hui divisée en deux classes : la partie administrante & la partie administrée. La première peut tout & ose tout. La seconde craint tout & souffre tout. Il n'y a que celui à qui l'on connoît quelques rapports avec la cour, c'est-à-dire, avec l'intrigue, qui puisse espérer d'être ménagé. Depuis le ministre jusqu'au commis aux Aides, jusqu'au dernier des recors, tout peut vexer, opprimer impunément, parce que, s'il s'élève une plainte, elle ne peut être renvoyée qu'à des gens qui sont intéressés à la rejetter.

Les grandes fautes, de grandes calamités, d'innombrables infortunes doivent

naître néceſſairement d'un pareil abandon,
& faire craindre des mouvemens dange-
reux, des clameurs inquiétantes, qu'il importe par-deſſus tout de prévenir & d'é-
touffer. Il y a peu à appréhender du côté
de la cour, où l'intrigue milite ſans relâche, où toutes les avenues qui pourroient
faire arriver la vérité juſqu'au monarque
ſont trop bien gardées. Si un malheureux,
qui gémit ſous le poids de l'iniquité, va
porter ſes réclamations au pied du trône,
le ſouverain l'écoutera avec bonté ; il or-
donnera qu'on lui faſſe juſtice : mais auſſi-
tôt vingt atteſtations viennent lui prouver
que le ſujet, plein de confiance, qui réclame
ſon équité ; n'eſt qu'un ſéditieux qui mé-
riteroit un traitement plus ſévère que celui
dont il ſe plaint ; & l'infortuné qui s'eſt
conſolé par les témoignages de la bienfaiſance de ſon maître, qui a élevé l'eſpé-

rance de son repos sur sa justice, ne retrouve que la vengeance des hommes ini-
ques que sa plainte a alarmés : ainsi son
exemple ne sert qu'à prouver à ses sembla-
bles, que la ressource dont il espéroit son
salut, n'est qu'un danger de plus.

Il reste l'opinion à enchaîner, le cri public à étouffer, écueils les plus redoutables
dans un pays où les mœurs publiques ont
tant d'empire. Cela nécessite une tension
prodigieuse de surveillance, une immen-
sité de précautions impossibles à chacune
des administrations établies pour d'autres
soins. Il leur falloit à toutes un moyen,
un centre commun, une administration
nouvelle qui pût être la sentinelle de toutes les autres, où leurs intérêts particuliers
pussent se réunir. Enfin, ce qui étoit in-
dispensable pour la gloire du monarque,
le bonheur des sujets, le salut de l'état ;
ce

ce que ces grands objets n'ont pu obtenir,
l'harmonie, l'accord de toutes les parties,
l'unité d'intention & d'action dans l'enfemble, l'intérêt perfonnel l'a créé pour
lui, mais pour lui feul, au mépris de
toutes les confidérations de morale, d'honneur, de vertu, de bien public.

La capitale eft le point où s'élèvent les
opinions générales, d'où elles fe répan-
dent, où viennent fe réunir les réclamations, les clameurs de toutes les contrées:
elle devoit être néceffairement le foyer du
nouveau fyftême. Le magiftrat de la police
de Paris, établi effentiellement pour veiller à la sûreté d'une auffi grande ville,
étoit obligé d'entretenir un nombre con-
fidérable d'efpions dans la plus baffe claffe
du peuple, qui en fe rendant en apparence
complices de tous les deffeins criminels,
fervoient à les prévenir. Par cette pré-

C

caution, il parvint à connoître toutes les
bandes de malfaiteurs, à les détruire, à
empêcher que de nouvelles se formassent.
Lorsque leurs fautes avertirent les ministres qu'ils devoient avoir des inquiétudes,
ils exigèrent du lieutenant de police qu'il
employât ses espions à informer des opinions du public. Le ministère de la vengeance suivit celui de la délation. Bientôt
l'essaim des délateurs fut innombrable. On
instruisit le domestique à dénoncer son
maître, l'ami à trahir son ami ; on porta
la corruption dans toutes les classes de la
société. A mesure que la gangrène s'é-
tendoit, les cachots s'emplissoient. Le
tribunal de la police devenoit une grande
administration ; il se fortifioit ; il prenoit
son accroissement de la multitude des victimes qu'il offroit à la crainte, à l'intrigue
& à la vengeance : il étendit son exercice

dans tout le royaume, jufques dans les
contrées étrangères les plus éloignées. Le
François, effrayé de fon ombre, attrifté
par la méfiance, pourfuivi par la terreur,
n'ofant parler, rire, épancher fon cœur,
perdit fa franchife & fon alégreffe, devint trifte, méfiant, malheureux. Jamais
révolution ne fut auffi prompte, auffi entière dans un caractère national.

Mais ce n'étoit point affez de pourfui-
vre les penfées, les paroles, la preffe fur-
tout qui eft devenue la plus importante
affaire de l'adminiftration, & celle, fans
comparaifon, qui la travaille le plus : il
falloit davantage, il falloit établir les opinions particulières & générales, contrai-
res à celles que l'on vouloit profcrire. Ce
foin fut encore confié à la police. Les
bouches qu'elle ftipendie, furent chargées
de colporter des anecdotes bien calom-

nieuses, bien odieuses sur les malheureux
dont la perte étoit projettée ou prononcée ; ainsi, dans le besoin, d'un Ariſtide
on fait un ſcélérat. Lorſqu'au contraire l'intrigue veut juſtifier, exalter ſon ouvrage,
tous les échos répétent que le général qui
s'eſt fait battre honteuſement, eſt un héros ; que le miniſtre qui a ſacrifié les plus
grands intérêts de l'état à ſes vues perſonnelles, à une cabale, eſt un homme
immortel. Voilà ce qui s'eſt appellé la perfection de la police, ce qui a fait des réputations célèbres parmi nous (1).

---

(1) C'eſt conſtamment à la police que les miniſtres prennent des informations ſur tout ce qui
eſt au ſervice du Roi dans les différens départemens, & qui a habité pendant quelque tems la
capitale. Le magiſtrat s'en rapporte à un inſpecteur ; l'inſpecteur à ſes eſpions. Malheur à celui
que l'information intéreſſe ; s'il a déplu à quelque

Corrompre pour gouverner, cette horrible maxime du machiavelisme est donc bien véritablement devenu le principe de notre administration ? Le magistrat de la police est donc essentiellement le ministre de cette affreuse doctrine. Quel épouvantable ministère que celui qui détruit toute morale, qui élève son autel dans une caverne de serpens, pour les lâcher à la voix de l'intérêt personnel & de la haine, pour

membre de cette hiérarchie, fût-il un homme du premier mérite, à coup sûr on dira au ministre qu'il n'est qu'un brigand. Pour mieux le convaincre même, on mettra sous ses yeux des plaintes que l'on aura fait faire par un cordonnier, ou par le premier manant venu : ainsi les plus bas ressentimens, la délation, l'infamie vont prononcer irrévocablement sur le sort d'un honnête homme. Voilà un Roi bien servi, des ministres bien instruits, des sujets bien traités !

abuſer perpétuellement un grand peuple,
pour porter la ſombre méfiance, la terreur
& des fers par-tout où la ſtupidité & la
vengeance demandent des victimes! Qu'il
eſt formidable, l'homme qui entend tous
les diſcours, qui a le ſecret des familles,
qui tient dans ſes mains un foudre toujours
tonnant, qui commande à l'opinion! Si
dans les tems de trouble, qui virent la
capitale fermer ſes portes au plus grand &
au meilleur de nos rois, il eût exiſté un
magiſtrat armé d'une telle puiſſance, &
qu'il eût pris le parti de l'infidélité, peut-
être aujourd'hui aurions-nous à pleurer ſur
le ſang de Henri IV proſcrit, pourſuivi
aux extrémités de la terre par la fureur
d'un tyran. Cette idée, qui paroîtra gi-
gantefque au premier aſpect, ne ſera que
ſimple & vraie pour le philoſophe habitué
à ſaiſir la ſérie des cauſes qui conſomment
les grandes révolutions.

On juge bien que chaque cercle d'administration fecondaire a reçu le régime des adminiftrations générales. Il n'eft point en effet de commandant , & furtout d'intendant dans les provinces, qui n'ait auffi fes efpions & fes lettres de cachet : c'eft le même principe qui agit univerfellement.

Il eft donc démontré maintenant que ce font les ordres arbitraires qui ont infpiré cet incroyable fyftême , qu'ils ont été fon unique caufe comme fes feuls inftrumens , & qu'il ne pouvoit jamais s'élever que par eux fur la tombe de la liberté & de la félicité de la nation. Il eft donc vrai auffi que c'eft fa magie qui a formé cette unité fi forte pour les intérêts particuliers, & qui protège avec tant de fuccès la fciffion & la difcordance entre

les moyens du bien public. C'eſt à lui
que nous devons ces étranges diſtinctions
entre les mots d'autorité & de juſtice dont
chaque jour notre raiſon eſt étonnée ; c'eſt
lui encore qui nous fait entendre à chaque
inſtant de la bouche des coopérateurs du
pouvoir, cet inſolent langage : *J'en ren-*
drai compte à l'adminiſtration, c'eſt l'in-
tention de l'adminiſtration, ce ſont les
vues, les ordres de l'adminiſtration. Et
depuis quand, Meſſieurs ? en vertu de
quel titre négligez - vous de nous parler
au nom du Roi ? Eſt-ce pour mieux nous
convaincre que votre adminiſtration eſt
une ariſtocratie, dont les vues ne ſont
pas les ſiennes, dont les intérêts ne ſont
pas les nôtres.

Lorſque les ſauvages de la Louiſianne
veulent manger le fruit d'un arbre, ils

coupent l'arbre par le pied. Voilà l'image que M. de Montefquieu donne du defpotifme. Laiffer l'arme de l'arbitraire dans mille mains , c'eft réunir mille defpotifmes enfemble , & multiplier autant fes ravages. Employer , pour gouverner , les moyens flétriffans de la délation & de la corruption , cela n'eft pas couper l'arbre ; cela eft plus , c'eft l'empoifonner ; c'eft donner au corps politique le germe de tous les maux : c'eft le conduire par une maladie de langueur à des crifes mortelles.

Il eft jufte cependant d'obferver que le foudre de lettres de cachet s'eft repofé quelquefois après les longues & fanglantes profcriptions qu'occafionnèrent la foibleffe , les intrigues , les contenfions , les tracafferies du dernier règne : Louis XVI , en montant fur le trône ,

apporta à son peuple l'espoir de tous les
biens, dont la source est dans son cœur.
Un ministre, digne d'être l'interprête des
volontés d'un bon Roi & d'un grand Roi,
courut d'abord au secours de l'humanité ;
il fit ouvrir les cachots, & rappella à l'exis-
tence tous les malheureux, que l'industrie
de la noire vengeance ne put dérober à
ses sollicitudes. Mais le systême dépré-
dateur avoit laissé des racines sans nombre qu'il lui étoit impossible d'arracher.
Ne pouvant s'accoutumer à leur influence,
il disparut avec ses lumières & sa vertu.
Celui qui lui succéda, étoit bon, avoit un
cœur pur ; il desiroit le bien : malheureu-
sement il ne savoit que le desirer. L'arbitraire reparut sous lui. Dans la crainte que
les prisons ordinaires ne fussent pas suf-
fisantes, & sous le prétexte d'en avoir de
plus salubres, on créa de nouvelles mai-

fons de force dans les differens quartiers de Paris, comme on y avoit embufqué des tripots de jeu ; & la direction de ces antres de douleur devint une grace, une récompenfe comme celles des Banques de biribi.

Depuis quelques années nous refpirons enfin. Le miniftre qui a actuellement le département des lettres de cachet, trop fier pour connoître de miférables inquiétudes; trop éclairées, trop généreux pour n'avoir point horreur du mal inutile, a terraffé lui-même le monftre dont il étoit chargé de diriger les fureurs. Il a foumis la diftribution des ordres du Roi à des formes fi fages, fi rigides, qu'il eft prefque impoffible d'en faire un ufage injufte ; & il a la fatisfaction de voir feconder d'auffi refpectables difpofitions par le lieutenant de police, magiftrat qu'un cœur plein de bonté & de fenfibilité a toujours conduit vers l'équité, la bienfaifance & à l'eftime publique (1).

---

(1) Dans tout ce que j'ai dit de la Police de Paris, je fupplie que l'on ne croie pas que j'aie voulu confondre les perfonnes avec la chofe. Il y a dans cette adminiftration des hommes d'un mérite infini : j'ai eu l'occafion, dans différentes affaires, d'en connoître trois. M. Cauchy, Secrétaire général, M. le Houx, Infpecteur chargé de la sûreté de Paris, M. Henri, Infpecteur de la Librairie. M. Cauchy a eu de la célébrité au barreau de Rouen, dans un âge où les autres Avocats ont à peine achevé leurs études. Chez lui, les plus grands talens font foumis aux principes les plus purs & les plus nobles. Le nom de M. le Houx eft l'épouvantail des voleurs : les fervices qu'il a rendus à la sûreté, font fans nombre, & il eft bien impoffible d'être plus honnête homme.

L'honnêteté & les lumières de M. Henri, le mettent

Mais hélas ! le monſtre n'eſt qu'en-
chaîné ; ſon repos n'eſt que le ſommeil du
tigre : une main ſiniſtre peut venir le ré-
veiller encore. Pourquoi ne pas le proſ-
crire ? On a vu de quels maux il eſt la
ſource ; on ſait combien il compromet
l'honneur, l'équité & les intérêts du Roi ;
combien il eſt funeſte à ſes ſujets ; qu'il
n'eſt que le moyen de l'intrigue, des paſſions, des haines, des vengeances. De
quel bien le croiroit-on capable, qui
puiſſe balancer ces déſaſtres ?

---

en poſſeſſion de toute l'eſtime des gens honnêtes,
& j'ai eu l'occaſion de me convaincre combien il la
mérite. On nomme encore pluſieurs autres chefs de
bureaux de la Police, comme des gens très-eſti-
mables. Une des choſes qui fait le plus d'honneur
aux préjugés qui gouvernent une nation, eſt de
voir exercer la bienfaiſance dans des places qui ne
ſont créées que pour le mal.

On dit que les Loix ont une marche trop lente, que leurs formes font incertaines. Quoi ! le Souverain poſsède la puiſſance légiſlative dans toute ſa plénitude, & les loix ſont impuiſſantes ! Ah ! la première de toutes ces loix, c'eſt celle qu'il s'impoſe à lui-même, par le ſerment qu'il fait à ſon ſacre, de défendre l'honneur, la liberté, la fortune, la vie de ſes ſujets ! On parle auſſi de l'honneur des familles que nos préjugés couvrent de l'opprobre que notre juriſprudece verſe ſur le criminel ! Hé bien ! que mille familles ſoient flétries, & que l'Empire ſoit ſauvé : que la nation reſpire, qu'elle ſoit libre, heureuſe & paiſible; qu'elle jouiſſe de tous les biens que la loi naturelle lui promet, & que les loix poſitives veulent lui garantir ! D'ailleurs, ſeroit-il ſage de chercher à le détruire ce préjugé ? Que chaque citoyen, renfermé

dans fa fphère d'exiftence, en foit effrayé ;
on n'en doit pas être furpris : plus il jettera
d'effroi, plus il fera falutaire. Mais que des
hommes d'état ne voient pas que ce préjugé eft la plus fublime expreffion des
mœurs nationales ; qu'il veille à l'édu-
cation ; qu'il donne à l'état vingt garans
pour chaque citoyen du refpect des loix ;
qu'il affure les mœurs publiques par fon
pouvoir fur les mœurs particulières : voilà
ce qui doit étonner. Une des caufes qui
ont le plus contribué à la dépravation de
ce fiècle, fur-tout dans la capitale, eft,
il n'en faut pas douter, la facilité que les
parens ont à fouftraire à la juftice des
homes corrompus (1). Au furplus, dans

_____

(1) Feu M. le Dauphin difoit que l'unique
moyen de rappeler dans ce pays-ci la pureté des
mœurs, & l'amour de tous les devoirs, étoit de
ne fouftraire perfonnne à la juftice. Que quand

un cas extraordinaire, le Roi n'a-t-il pas
toujours le droit d'abolir les procédures,
de commuer les peines ou de faire grace ?
Le cercle étroit dans lequel M. le Baron
de Breteuil a resserré le cas des lettres-de-
cachet, est donc encore trop étendu ; &
de ce cercle menaçant l'on doit toujours
appréhender qu'il ne sorte après lui le
fléau le plus redoutable.

Que le Roi puisse s'assurer au besoin de
la personne d'un Général, d'un Ministre,
d'un dépositaire d'une portion d'autorité,
d'un comptable, enfin, d'un membre d'ad-

à la rigueur des préjugés, un Roi aimé de la nation
étoit toujours le maître de l'adoucir, & que pour
cela il n'avoit qu'à témoigner lui-même, de la manière la plus publique, son intérêt & son estime
pour les parens du coupable.

ministration

miniſtration quelconque, c'eſt une choſe purement de diſcipline, qui eſt juſte & néceſſaire. Mais que cette claſſe, qui ſeule doit être ſoumiſe à une autorité prompte & ſans forme, ſoit préciſément celle qui l'exerce au gré de ſes moindres fantaiſies, qu'elle ne l'ait enfantée, & qu'elle ne la retienne que pour ſes ſeuls intérêts, pour en accabler le citoyen paiſible & ſans ambition. Voilà le dernier degré de la ſubverſion de tous les principes, & on ne peut aſſez le réduire, le vice qui ſépare le ſouverain des ſujets, le plus grand de tous les maux en politique; qui a élevé, fortifié, défendu ce chaos d'une adminiſtration à-la-fois inco-hérente & arbitraire; qui offre perpétuellement le ſpectacle inoui d'une autorité ennemie de la juſtice; qui enſeigne le mépris des loix, ſigne certain de la déca-

D

dence des empires ; qui répand toutes les calamités , & préfage toutes les cataf-trophes.

Miniftres arbitraires , vous n'êtes que des hommes , & vous êtes conftamment placés entre l'occafion & la tentation; votre pouvoir n'eft ni affez affermi ni affez faint pour vous élever au-deffus des petites paf-fions qui agitent le cœur des vulgaires mortels ; il eft trop fugitif pour que vous ne fuccombiez pas au defir d'en jouïr avec excès. Ouvrez l'hiftoire des hommes , vous verrez que c'eft votre ambition qui a con-duit tous les empires à leur ruine ; que ce font vos feuls intérêts qui ont affligé , qui ont boulverfé le globe fans relâche. Renoncez enfin au trifte privilége d'en être les défolateurs ; rejettez de vos mains l'arme de l'arbitraire qui ne fit jamais un

feul bien , qui toujours fut fanguinaire.
Allez au pied du trône reconnoître ces
importantes vérités ; demandez des fauve-
gardes contre les féductions qui vous
pourfuivent ; obtenez des liens qui vous
garantiffent de vos propres foibleffes ; &
votre mémoire vivra auffi long-tems que
la terre fera habitée.

Voilà, Monfieur, les réflexions dans
lefquelles ma jetté la lecture de l'hiftoire
du malheureux Latude. Ces réflexions font
peut-être plus hardies que bien enchaî-
nées ; mais elles font vraies, & , par cette
raifon, je les publierai , duffé-je être en-
glouti par la Baftille : une vérité utile vaut
toujours mieux que celui qui la dit. Mais
en donnant ce croquis au public, & en
vous l'adreffant, je lui rappelle que vous
lui avez annoncé un ouvrage fur la lé-

giſlation ; & je vous obſerve que par cela
vous avez contracté avec lui un engage-
ment, que votre double qualité d'homme
d'honneur & de bon citoyen, ne vous laiſſe
pas la liberté d'éluder.

Sans doute que vous ſentirez comme
moi, combien il importe de détruire un
chaos de volontés perſonnelles ſi diſ-
cordantes , & de ramener toutes les por-
tions éparſes de l'autorité dans la perſonne
du Roi , environné d'une inſtitution aſſez
dignement organiſée pour porter en tout
& par-tout ſon vœu & ſes volontés. Il
vous ſera facile de démontrer qu'il n'y a
point de proſpérité & de ſalut à eſpérer
ſans cette harmonie , & ſans la deſtruc-
tion de tous les vices qui l'éloignent. Ce
que je n'ai pas même indiqué, vous le direz;
vous jugerez à notre conſtitution ce que

doit être l'inftitution reftauratrice, fi les confeils de département que l'on defire tant conviennent ; ou fi un corps de cen- fure, élevé immédiatement après le trône, feroit préférable. Vous porterez fûrement au dernier degré d'évidence cette vérité, que fi notre Gouvernement eft célefte, notre adminiftration eft deftructive; qu'au- tant il importe de fauver l'un, autant il eft inftant d'anéantir l'autre.

Vous avez été donné à votre patrie, Monfieur, dans des circonftances qui font à-la-fois bien preffantes & bien favorables. D'un côté un défordre, une pénurie ex- trêmes, & point de fyftême arrêté ; de l'autre, un Monarque, le meilleur citoyen de fon Royaume, voulant avec paffion la gloire de fon empire, le bonheur de fes peuples, & entouré de Miniftres cités dans tous les tems pour des hommes pleins

d'honneur, de zèle, de droiture & de pa-
triotisme, connoissant tous le système dans
lequel ils vivent, & déplorant chaque jour
les obstacles qu'ils rencontrent pour faire
le bien.

Il faut, Monsieur, parcourir bien des
siecles avant de trouver un moment qui pré-
sente toutes ces ressources. Si votre insou-
ciance pour la renommée pouvoit vous ra-
lentir dans la carriere où vous vous êtes
engagé, n'écoutez que votre ame : elle est
destinée à répandre le bonheur. Je ne vous
parle point de génie, de connoissances, de
lumieres, de talens, parce que je ne connois
point les bornes de ce que la nature vous
en a donné.

J'ai l'honneur d'être avec tout le respect
que vous inspirez, Monsieur, votre très-
humble & très-obéissant serviteur,
Le Marquis de Beaupoil Saint - Aulaire.

www.ingramcontent.com/pod-product-compliance
Lightning Source LLC
Chambersburg PA
CBHW061654180626
46818CB00003B/1101